ISMAEL AU DÉSERT,

OU

L'ORIGINE DU PEUPLE ARABE.

ISMAEL AU DÉSERT,

OU

L'ORIGINE DU PEUPLE ARABE,

SCÈNE ORIENTALE,

PAR LOUIS LEMERCIER.

Errabat in solitudine Bersabee; cùmque consumpta esset aqua in utre, abjecit puerum subter unam arborum quæ ibi erant, et abiit, seditque è regione procul quantùm potest arcus jacere; dixit enim : « Non videbo morientem « puerum ». Et sedens contrà, levavit vocem suam, et flevit. Gen. cap. 22.

A PARIS,

CHEZ LES MARCHANDS DE NOUVEAUTES.

AN 10. — 1801.

J'ESPÈRE que ce dialogue pastoral ne sera pas sans intérêt pour le lecteur : il forme un petit drame, qui a son exposition, son nœud et son dénouement. Théocrite nous a laissé des modèles en ce genre. Les Romains se plaisaient à entendre les Bucoliques de Virgile déclamées sur le théâtre : j'aurais été curieux de voir quel effet y eût produit la scène d'Ismaël. L'extrême simplicité d'un pareil poème eût empêché qu'il n'entraînât une imitation dangereuse aux lois de Melpomène : on sent bien que tout véritable sujet de tragédie serait tronqué en une scène. Ce n'est donc pas ici mon respect pour les règles du bon goût qui m'arrête, mais la fatigue de tous les soins qu'il faut prendre pour faire représenter ses pièces par les comédiens. Je réserve mes efforts pour *deux grands ouvrages nouveaux* que je desire depuis long-temps soumettre au jugement du public assemblé ; jamais il ne me fut si difficile de parvenir jusqu'à lui. Les obstacles qui ont interrompu les représentations d'*Ophis* et d'*Agamemnon*, me dégoûteraient de la carrière dramatique, si j'étais moins épris de l'art dont Corneille et Racine ont fait la gloire.

PERSONNAGES.

AGAR, Egyptienne, esclave d'Abraham.

ISMAEL, son fils, né d'Abraham, âgé de dix-huit ans. Sa tête est ceinte d'un turban; il porte un carquois, un arc et une coupe.

(*La scène se passe au désert de Bersabée.*)

ISMAEL AU DÉSERT.

AGAR, ISMAEL.

AGAR.

O Dieu! jette sur nous un regard paternel;
Soutiens la faible Agar et son fils Ismaël.

ISMAEL.

Ah! de feux trop ardens la route est dévorée.

AGAR (*posant un vase à terre*).

Attendons que du soir l'haleine tempérée
Ait de ce ciel d'airain adouci la rigueur,
Et réparé un courage épuisé dans mon cœur.
Demeurons. (*Elle s'assied.*)

ISMAEL.

Ma fatigue à la tienne est égale.
Nos pas ont devancé la clarté matinale;
Et le soleil, qui luit sur les côteaux brûlans,
Déjà ne laisse plus nulle ombre sur leurs flancs.
(*Apercevant une tente.*)
O ma mère! en ce lieu, quelle main secourable
Tendit aux passagers cet abri favorable?

AGAR.

L'hospitalité sainte et chère à nos pasteurs
Sans doute abandonna ces voiles bienfaiteurs

Aux mortels égarés qui, sans chameaux ni tente,
Traînent dans ce désert leur marche haletante ;
Ou bien, cher Ismaël, durant l'éclat du jour,
C'est l'asile ombragé des pâtres d'alentour.

ISMAEL.

Quel insensé jamais en des champs sans verdure
De ses troupeaux plaintifs chercherait la pâture ?
Tout est nu ; rien ne vit, ni bercail, ni hameau.
Ce vallon est affreux, muet comme un tombeau :
Le plus grand cri, frappant sa limite lointaine,
N'atteindrait à cette heure aucune oreille humaine.
L'horreur borne par-tout l'horizon que je vois,
Et du moindre ruisseau je n'entends pas la voix.

AGAR (*à part.*) (*haut.*)

O malheureuse Agar !.... Il se tait.... Quelle idée
Frappe soudain, mon fils, ton ame intimidée ?

ISMAEL.

Cet homme que non loin nos yeux ont rencontré,
Aliment des oiseaux, reste défiguré,
Alors qu'il expira dans ces profondes plaines ;
Si la soif a tari son ame dans ses veines,
En quel supplice lent sa vie a dû finir !

AGAR.

Sur ce triste sujet pourquoi t'entretenir ?

ISMAEL.

La trame de nos jours peut donc être coupée !

Jeune encore, j'ai vu les javelots, l'épée,
Sur les pas d'Abraham semer deux fois la mort :
Je ne m'expliquais pas la cruauté du sort.
Serons-nous désunis? Est-on, pour cesser d'être?
Où sommeille à jamais l'aïeul qui te fit naître?
Ce vieillard tout blanchi mourut comblé de jours;
Il goûta les plaisirs semés dans leur long cours;
Il connut, entouré d'une famille chère,
Les douceurs d'être époux, et celles d'être père;
L'ennui des derniers ans l'avait appesanti :
Mais lorsqu'en sa jeunesse on est anéanti,
Comme toi, comme moi, qui, dans la fleur de l'âge,
N'avons pas de la vie achevé le voyage,
Quels regrets après soi ne doit-on pas laisser?
Pour le finir sitôt faut-il le commencer?

AGAR (*à part*).

Que veut-il dire, hélas!

ISMAEL (*après un court silence*).

En vain, dans notre course,
J'ai cherché sous les rocs une indigente source
Où mes lèvres au moins se pussent abreuver,
Sans demander cette eau que tu veux réserver.
Je n'en aperçois pas; et l'ardeur qui me presse....

AGAR.

Ah! respirant des airs toute la sécheresse,
Mon sein brûle de même, et nul soupir n'en sort.

Suis l'exemple, Ismaël, d'un courageux effort.
Le peu d'eau qui nous reste en ce vase d'argile,
Va nous être au départ un secours plus utile.
D'un refus rigoureux n'accuse pas le soin.

ISMAEL.

Marcherons-nous long-temps?

AGAR (*avec tristesse*).

Non, nous n'irons pas loin.

ISMAEL.

Eh bien, tentons encor d'achever notre route.

AGAR.

L'astre qui fait des cieux étinceler la voûte,
Aveuglerait nos yeux d'un rayon enflammé;
Mes pieds chancelleraient sur le sable allumé.

ISMAEL.

O toi, qui désolant la solitude aride,
Y lances en courroux ta lumière homicide,
Compte sur des autels, si mes vœux sont ouïs,
Soleil! flambeau fatal à mes yeux éblouis!
Voile-toi : cesse enfin de briller sur nos têtes
D'une sérénité pire que les tempêtes.

AGAR.

Qu'as-tu dit, ô mon fils? quel blasphême! quel vœu!
Es-tu né Chaldéen? un astre est-il ton dieu?
De ton père Abraham trahis-tu la loi sainte?
La foi de l'Éternel en toi s'est-elle éteinte?

Ce soleil périssable, ouvrage de ses mains,
N'est que l'ombre du Dieu qui créa les humains.

ISMAEL.

Qu'il me pardonne, hélas! crois-tu qu'un tel blasphême
Ait sitôt courroucé sa majesté suprême ?

AGAR.

Arbitre inexorable en ses grands jugemens,
Il nous fait, tôt ou tard, subir nos châtimens.
Tous les maux qu'aujourd'hui la triste Agar endure,
Sont le prix mérité qu'il paye à son injure.

ISMAEL.

Ma mère, tes douleurs ont troublé mes esprits;
Ce spectacle a vaincu mon courage surpris.
De mes propres tourmens j'étouffe mieux la plainte....
Mais pour toi, cher objet de tendresse et de crainte,
D'un sombre désespoir je sens mon cœur frémir
Quand je te vois pleurer, quand je t'entends gémir.
Plus triste que la nuit, tu marchais en silence.
Tandis que le respect me faisait violence,
Mon œil interrogeait l'effroi de tes regards,
Qui, s'adressant au ciel, errant de toutes parts,
Portaient, loin devant nous, leur vive inquiétude
Sur le sable orageux de cette solitude.
Ton oreille, en chemin, fermée à mes accens,
Écoutait du midi les souffles menaçans,
Et la foudre ondoyante en des vagues poudreuses.

Dis, parle, explique-moi tes alarmes nombreuses;
De notre droit chemin sommes-nous écartés?
Cherches-tu les sentiers que mon père a dictés?
Crains-tu, quoi! qu'il ne tarde à suivre ici ta trace?

AGAR.

O cruelle Sara! triste exil de ma race!

ISMAEL.

Que dis-tu?

AGAR.

De ma gloire ô garant précieux,
Qu'allez-vous devenir, ô promesse des cieux!

ISMAEL.

Les cieux ne trompent point.

AGAR.

Vain et malheureux gage
D'une postérité croissante d'âge en âge!

ISMAEL.

Les oracles divins, les démentiriez-vous?

AGAR

Abraham! père injuste! et rigoureux époux!

ISMAEL.

Est-ce vous qui parlez? vous accusez mon père!

AGAR.

Lui, qui fait tes dangers, qui comble ma misère,
Et qui vers l'Arabie au loin nous laisse errer,
Peu touché de quels maux nous allons expirer,

Est-ce donc là ton père?... il me chasse, il t'exile.

ISMAEL.

Serait-il vrai? qui? nous! bannis de son asile,
Seuls, au fond des déserts, sans guide et sans secours!

AGAR.

Je voulais te cacher les périls que tu cours;
Tes pleurs ont de mon sein arraché ce mystère....
Tu trembles! tu frémis!... que n'ai-je pu me taire!

ISMAEL.

Oui, je crains, mais pour toi, non les brigands armés,
Ni des antres sanglans les monstres affamés;
J'ai mon arc, et la mort suit mes flèches lancées.
Hélas! sur nos destins de plus tristes pensées....
Retournons de mon père embrasser les genoux.

AGAR.

Non: un arrêt céleste est dicté contre nous.
Mon époux, que j'accuse, est l'organe inflexible
De ce fatal décret, pour lui non moins sensible;
En me le prononçant il a versé des pleurs.
Ismaël, notre orgueil a causé nos malheurs.
Exemple infortuné des misères soudaines,
Où nous plongent souvent nos chimères hautaines!
Dans le sang d'une esclave Agar puisa le jour;
Devait-elle rougir d'être esclave à son tour?
Du Nil vers le Jourdain Sara m'avait conduite;
Et son auguste époux, qui me vit à sa suite,

Aima ce peu d'attraits dont le ciel m'embellit :
Sa stérile compagne, en me cédant son lit,
D'un nœud bientôt fécond me laissant l'avantage,
Te livrait, ô mon fils, le plus noble héritage.
Mes nouveaux droits enflant la fierté de mon cœur,
Ma bienfaitrice même essuya ma rigueur;
Je lui devins funeste, et, marchant sa rivale,
Méprisai ma maîtresse et me crus son égale.
C'était peu : j'oubliais tous mes humbles travaux;
Mes dédaigneuses mains rejetaient les fuseaux;
Et des plus doux conseils bien loin d'être touchée,
Mon oreille superbe en fut effarouchée.
Mais à tant d'imprudence ô châtiment bien dû!
O ciel! tu renversas mon pouvoir confondu.
Ma maîtresse, et son Dieu lui promit de sa bouche,
D'un fruit tardif alors vit honorer sa couche.
A peine à sa prière Isaac fut donné,
Ce frère inattendu détruisit son aîné :
D'Abraham aussitôt tu perdis la tendresse...
Je le craignais du moins : ma jalouse maîtresse
De mes mépris altiers tenta de me punir;
Indomptable, dès-lors je voulus me bannir,
Quand s'offrit sur ma route, ah! quelle fut ma crainte!
Un des divins esprits, qui, de la terre sainte
Sans cesse à pas légers parcourant les chemins,
Des ordres du Seigneur instruisent les humains.

Terrible, armé d'un glaive étincelant de flamme....
Il m'arrêta.... Sa vue effraie encor mon ame.
Aux foyers d'Abraham il guida mon retour;
Il me prédit le sort qui m'accable en ce jour,
Si d'un dépit rongeur l'incurable origine
Soufflait dans sa maison une guerre intestine:
Il me dit que Dieu même, à nos yeux dérobé,
Sous un utile joug tenait l'homme courbé;
Que son ordre établit des bergers tutélaires,
Et rangea les troupeaux sous leurs lois salutaires:
Un roseau ne doit pas envier la hauteur
Du cèdre impérieux, son noble protecteur.
J'obéis, je revins, plaintive, humiliée.
Que dis-je? leçon vaine, et trop tôt oubliée!
Le germe envenimé que mon sein a nourri,
S'épancha dans ton cœur, par mes discours flétri.
Tu le sais : d'Isaac tu maltraitais l'enfance :
Son père, contre nous, le ciel prit sa défense.
« Agar », me dit enfin Abraham irrité,
Attestant les saints droits de sa paternité,
« Du désert entre nous mets l'immense intervalle.
« Va porter loin de moi la discorde fatale.
« Je crains, si je résiste aux lois de l'Éternel,
« Que cet autre Caïn ne frappe un autre Abel.
« Va, pars avec ton fils: vos communes misères
« Instruiront les mortels envieux de leurs frères. »

Mon fils, tel fut l'arrêt de sa sévérité.

ISMAEL.

Ainsi sa voix nous livre à la fatalité.
Suis-je coupable ? offrais-je un encens idolâtre ?
Quel crime ai-je commis, odieuse marâtre ?
Ton enfant Isaac, les cieux m'en sont témoins,
Fut le premier objet de mes fidèles soins.
Tantôt j'allais pour lui presser de doux laitages,
Sur son berceau paisible enlacer des feuillages :
Tantôt, d'un léger voile, au jour trop embrasé,
Je cachais son visage à ses feux exposé.
Je détournais ses pas des eaux, des précipices ;
J'amusais sa faiblesse à guider mes génisses.
Sara l'accoutumait, pour prix de mes amours,
A bégayer l'outrage en ses premiers discours :
Son rang mit à nos jeux une importune entrave ;
Je le nommais mon frère, il m'appelait esclave ;
Et les droits qu'Isaac se crut sur Ismaël,
Ont rompu de nos cœurs le lien fraternel.
Fallait-il qu'Abraham m'apprît à me connaître ;
Et, s'il devait punir la fierté qu'il fit naître,
Me dît qu'un patriarche et saint et vertueux
Revêt de son éclat d'innombrables neveux ?
J'y consens, habitons ce lieu libre et sauvage....
J'y vivrai, j'y mourrai sans fers, sans esclavage....
Indépendant, armé, vagabond et chasseur....

La nature y nourrit le milan ravisseur.
J'ai déja bien souffert.... je puis souffrir encore....
Homme cruel!... sait-il que la soif nous dévore?...
Ah! si je découvrais quelque puits reculé
Pour éteindre le feu dont mon sein est brûlé!...
J'ai tenu mes douleurs muettes et captives....
Donne-moi de cette eau, je meurs si tu m'en prives.
Ma mère, qu'attends-tu? ton fils pleure à tes pieds.

AGAR (*avec l'accent de la plus profonde douleur*).

Bois donc les pleurs amers dont mes yeux sont noyés.
O désespoir!... cette eau.... pardonne à l'artifice
Qui du moins un instant recula ton supplice.
Ce secours, qu'à ma soif j'ai même refusé,
Tes lèvres l'ont tari... ce vase est épuisé.

ISMAEL.

Qu'entends-je?... misérable!... et le jour sans nuage,
Si loin de son déclin, n'annonce aucun orage!

AGAR (*avec attendrissement*).

Tais-toi, mon fils, tais-toi.

ISMAEL.

Je souffre sans gémir.

AGAR (*à part*).

Son vain effort m'accable au lieu de m'affermir.

ISMAEL.

De l'antique Jébus vive et claire fontaine,
O Siloé! tes flots sont loin de cette arène!

AGAR.

O Jourdain! . . . ô palmiers de son onde abreuvés,
Ne reverrons-nous plus les bords où vous vivez?

ISMAEL.

Ce soir, tu tomberas, douce et fraîche rosée!

AGAR.

Avant que cette terre en puisse être arrosée,
Le ciel achevera mes pénibles destins.
Qui soutiendrait ici mes jours trop incertains?
Heureuse, heureuse l'heure où s'arrête une vie
De chagrins dévorans jusqu'au tombeau suivie.

ISMAEL.

Ah! plus heureuse encor la seule volupté
De nous voir l'un et l'autre et de voir la clarté!

AGAR (*à part*).

Malheureux! il périt, hélas! et sa jeunesse
De longs jours fortunés respire encor l'ivresse!

ISMAEL (*de même*).

Elle sent comme moi son terme s'approcher. . . .
Sur elle mes regards n'osent plus s'attacher.

AGAR.

L'aspect de son trépas épouvante ma vue.

ISMAEL.

Sa mortelle pâleur et me glace et me tue.

AGAR.

Cher Ismaël!

ISMAEL.

Eh bien!

AGAR (*toute en larmes*).

Il faut nous séparer....
Épargnons-nous l'horreur de nous voir expirer.

ISMAEL.

Oui, ce spectacle affreux abattrait mon courage.

AGAR.

Tes traits me font frémir.

ISMAEL.

Mon œil fuit ton visage.

AGAR.

Quittons-nous...... il est temps.

ISMAEL (*avec tendresse*).

Tenons-nous en des lieux
D'où se pourront, de loin, répondre nos adieux.

AGAR.

Allons...... je ne le puis...... la force m'est ravie.......

(*Elle chancelle et s'assied.*)

ISMAEL.

Ciel! juste ciel! fais la revivre de ma vie.

AGAR.

Adieu, mon fils.

ISMAEL.

Cherchons si pour la secourir
Quelque homme hospitalier peut vers nous accourir.

O rayons consumans! ô ma mère! ô tendresse!
O douleur! où traîner ma mourante faiblesse?
(*Il s'éloigne et disparaît.*)

AGAR.

Je ne l'aperçois plus..... son sort va donc finir!
Mon fils!

ISMAEL (*sans être vu*).

Adieu, ma mère.

AGAR.

Il n'ose revenir.
Cher fruit d'un triste hymen!.. où vas-tu?.. je frissonne...
Aux horreurs de la mort ainsi je l'abandonne,
Inhumaine! peut-être est-ce les redoubler.
Mon fils!.....

ISMAEL (*sans être vu et d'une voix affaiblie*).

Adieu, ma mère.

AGAR.

A peine il peut parler....
Sa voix est expirante.... ah! mourons la première....
Mais s'il cherche une main qui ferme sa paupière....
Avec lui sous ce voile il faut m'ensevelir.
(*Un nuage descend au fond du désert, au lieu où s'est retiré Ismaël.*)

Je sens mon ame errer, mes genoux s'affaiblir......
Mes yeux sont obscurcis par des vapeurs funèbres...

Je cède... où le trouver? ô subites ténèbres!
Mon fils!.... eh quoi? mes cris sont déja superflus....
Ismaël.... c'en est fait! Ismaël.... tu n'es plus!
Ah! joignons chez les morts mon fils et ma famille.
Tristes Égyptiens, revoyez votre fille.
Que suis-je? où vais-je? ô ciel! quel décret malheureux
Me tira d'un néant pour m'y plonger comme eux?
Que sert de naître au jour et d'entrer au lieu sombre
Où tous ceux qui vivaient dorment couchés dans l'ombre;
Où sont en paix l'esclave et le dominateur?......
Quel bruit! la foudre gronde... O souverain auteur!
Ne saurais-tu briser ta faible créature
Sans émouvoir la terre et toute la nature?
Je succombe.

(*Le tonnerre éclate, le nuage s'ouvre; Ismaël paraît, tenant une coupe à la main.*)

ISMAEL.

Vivez! vivez! entendez-vous
Le Dieu qui me ranime et qui veille sur nous?

(*Il donne de l'eau à sa mère, qui sort peu à peu de son accablement.*)

AGAR.

Je renais.... Quelle main à ma lèvre altérée....
Il vit!....

ISMAEL.

Bois à longs traits cette onde inespérée.

AGAR.

Je te revois encore! eh! qui t'a secouru?

ISMAEL.

Dieu, le Dieu d'Abraham, dont l'ange est apparu.

AGAR.

T'en croirai-je? ô mon fils! je doute si je veille.....
Parle, raconte-moi cette prompte merveille.
Quel prodige me rend la force et ton aspect?

ISMAEL.

Mon cœur en est encore ému d'un saint respect.
A l'écart de ces lieux, sans voix et sans haleine,
Je tombai palpitant : déjà, de veine en veine,
Courait par tout mon corps un froid saisissement.
J'avais dans tes regards lu ton dernier moment,
Et dans ton désespoir, effroyable présage,
De mon propre trépas s'était peinte l'image;
Tant un regret sinistre, et mêlé de terreur,
Dans les traits des mourans imprime son horreur.
« Ah! disais-je, Ismaël, ton aurore s'efface
« Comme celle du jour, comme l'ombre qui passe:
« Tu meurs en ton printemps, ta mère en son été:
« Il vaudrait mieux pour vous n'avoir jamais été. »
Je disais; et la mort obscurcissait ma vue.
Alors autour de moi descendait une nue,

Et les airs tempéraient d'un souffle parfumé
Les arides chaleurs dont j'étais consumé.
Touché subitement par une main céleste,
Mon œil s'ouvre. O d'un Dieu puissance manifeste !
Ma langueur se dissipe, et dans le même instant
Sur un nuage d'or s'offre un ange éclatant.
Sa tête rayonnait de palmes glorieuses,
Il déployait au ciel ses ailes radieuses;
Et comme un lin qui flotte en légers plis mouvans,
Sa ceinture de flamme ondoyait sous les vents.
Tout-à-coup sur ma vue encor mal assurée,
Arrêtant de ses yeux la lumière azurée:
« Mortel, de qui tiens-tu le jour qui t'est donné?
« Quand fut dit à ton père, Un enfant vous est né,
« Qui parlait? Qui lui dit, Vois ce peuple d'étoiles
« Qui de la vaste nuit sèment par-tout les voiles;
« Je veux en nombre égal te donner des neveux
« Nés de ton Ismaël, errans et belliqueux?
« Qui parlait? C'est le Dieu dont je suis l'interprète.
« Ne crains donc plus la mort qui plane sur ta tête.
« Au milieu des déserts, dans le sein des cités,
« De l'homme aimé du ciel tous les jours sont comptés.
« Le joug est en horreur à ton front intrépide;
« Marche, tu ramperais en esclave timide
« Si ton cœur eût fléchi par ses maux abattu:
« Ta liberté sera le prix de ta vertu.

« Tes pavillons, dressés dans l'Afrique et l'Asie,
« Posséderont des rois la dépouille saisie.
« Dieu sera ton seul maître, et, toujours indompté,
« Tes lois seront tes mœurs, ton hospitalité.
« De ta sûre amitié ton pain sera le gage ;
« Le sang paiera ton sang, et la mort ton outrage. »
J'écoutais, immobile ; il enchaînait mes pas.
« Va, sauve, ajouta-t-il, ta mère du trépas :
« Puise dans cette source à tes pieds jaillissante. »
J'obéis, et la foudre alors retentissante
Fend la nue à mes yeux étonnés et ravis ;
Je t'apporte ma coupe, et t'abreuve, et tu vis.

AGAR.

Ah ! de notre alégresse offrons à Dieu les larmes
Et les embrassemens dont nous goûtons les charmes.
Salut, ô roi du monde !

ISMAEL.

O transports inconnus !......
Que vois-je? ces vallons brûlans, âpres et nus.......
La force audacieuse y fonde son empire......
Oui, Dieu parle à mon ame et son esprit m'inspire...
Quelle flamme m'éclaire en ma jeune saison,
Et mûrit tout-à-coup les fruits de ma raison !
Je conduis, je protége une famille immense......

(*Il ramasse son arc et ses traits.*)

O mes flèches, armez ma fière indépendance !

Des superbes loin d'eux nous osent exiler,
Soyons présens par-tout pour les faire trembler.
Que toujours respirant la proie et le courage,
Mon coursier me ramène enrichi du pillage.
Cultivons ces déserts : leurs sables vont fleurir,
Les moissons y germer, les citernes s'ouvrir.......
O terre, tu n'es point une injuste marâtre!
L'Arabe, né de moi, peuple guerrier et pâtre,
Vaincra de ses voisins l'orgueil usurpateur.
Des errantes tribus soyons le fondateur :
Égalons d'Abraham la sagesse aguerrie,
Ce noble chef qu'a vu l'Égypte et la Syrie,
Qui de palmes couvert, donnant à tous la loi;
Vivant, reçoit le prix qu'on n'obtient qu'après soi :
Il respire, et déja sa gloire signalée
Atteint, comme un haut chêne, à la voûte étoilée.
De même à tous les temps fais connaître Ismaël,
Dieu, soutiens sa vertu pour qu'il soit immortel.

NOTE.

On m'a dit, pendant l'impression de ce poème, que Madame de Genlis, connue par des ouvrages distingués, a composé, sur l'exil d'Agar, une scène en prose : je ne l'ai jamais lue. Tout objet présente mille points de vue différens, et nous n'avons dû nous rapprocher qu'en tendant vers un but pareil, celui de toucher et d'instruire, elle des enfans, moi des hommes; ce qui est la même chose. Ne sont-ils pas imprévoyans, colères, jaloux, et menteurs?

Page 16 :

Je le nommais mon frère, il m'appelait esclave.

Les querelles de la famille d'Abraham offrent une naïve allégorie des inimitiés engendrées par les distinctions sociales : le pénible voyage d'Agar et de son fils ressemble au passage difficile de l'esclavage à l'affranchissement ; Ismaël, sitôt en proie au besoin dans le désert, est l'homme sans lois, séparé de ses semblables; et l'indépendance farouche qu'il embrasse, paraît un courageux désespoir que lui inspire sa fierté naturelle.

Hic erit ferus homo, manus ejus contra omnes, et manus omnium contra eum, et è regione universorum fratrum suorum figet tabernacula.

Quelle sublimité dans l'Écriture sainte, qui peint en quelques traits rapides un peuple qui a tout menacé de ses conquêtes!

FIN.

DE L'IMPRIMERIE DE PLASSAN.

www.ingramcontent.com/pod-product-compliance
Ingram Content Group UK Ltd.
Pitfield, Milton Keynes, MK11 3LW, UK
UKHW021202230726
13926UKWH00001B/267

9 782014 441680